JN107005

文芸社

目次

一　八十五歳の同窓会

全員、ほぼ八十五歳、今回で最後になるであろう××学院のクラス会「さくらの会」は、いま宴闌（えんたけなわ）。誰もが年相応の、それでも華やいだ衣裳で、仲間のこの一年の情報に耳を傾けている。それぞれのところに次々とマイクが回されてくるのは、いつものパターンだ。家族と暮らしている人、独り暮らしになった人、介護士に付き添われ車椅子で参加している人とまちまちだ。

司会を務める、かつてクラスのボス的存在だった本條直子が、早々に近況を披露した。まず豪邸を建てたことを匂わした。ご主人はゴルフ三昧、そして「わたくしのピアノは冴えませんわ」などと言っているが、やっぱりいつもの自慢話。誰かが「あら、ご謙遜で」と声を掛けると、

「とんでもございません。手が痺れているんですの。思うように動かなくて」と、マイクを落としそうな素振りをする。相変わらずだなあ、と美奈子は苦笑した。

ある人は、夫と旅行で回ってきたフランスの話を、余程楽しかったのか語り続けている。

「いいわねぇ、私なんか海外なんて一度も出たことがないのよ。息子たちは、家族でハワイだ、グァムだって気軽に行くけど、私はいつもお留守番。お土産のチョコレートか何かで誤魔化されて……」と言いながら、フランスのお話に相槌を打つ素直な人もいる。

みんなの自慢話に内心うんざりしながらも、右へ倣えで首を縦に振る。美奈子と同じく、八十五歳の現在まで独身を通しているもう一人の彼女も、

「自慢できるようなことは、何もなくて……」と困っている。

「孫が学習院に入った」とか、「東大出の孫の嫁が……」と、今度は悪口かと思っていたら、いつの間にか自慢になっているのだ。勿論、病気の話も花盛り。

「去年、脊柱管狭窄症の手術の後遺症で……」という人の病気の説明が始まった。痛みが酷い、上を向いて寝られない、リハビリが辛い等々、喋りまくっている。

私なんか、もう二十年もその病気で悩み続けていますよ、と美奈子は思った。いつ

も変わらぬクラス会であった。

何でも良い。このほぼ八十五歳の彼女らに、自分がこの五年間抱え続けてきた、ある構想を聞いてもらいたい、賛同を得たいと、桐生美奈子はさっきから心の中で態勢を整えていた。まず反感を買わないように、今日は彼女にしては珍しく、地味めなグレーのスーツにした。狭窄症の手術から歩行困難となり、職を辞してもう二十年が過ぎている。仕事のない生活は、まさに時間との戦いであった。時間は容赦なく通り過ぎていく。時間に責め立てられ、自分の居場所がなくなってしまう。そんなある日、「あなたも作詞の世界で、小さな花を咲かせてみませんか」という新聞の広告が目に貼りついた。すべて未知の世界であった。作詞は水が合ったというか、楽しくて、楽しくて。人生百年切り抜けられそうであった。その感激を少しばかり皆に漏らした経緯がある。あの時の直子の不快感剥き出しの皮肉と揶揄には驚くばかりで、言葉がなかった。

直子の取り巻きは、今でも健在らしい。

「美奈子さん、まだやっていらっしゃるの？　愛とか恋とか……不倫とか？」

ニヤニヤ笑い合っている。やたら人をバカにしたがる連中だ。

「ええ、面白くて、楽しくて、続けていますわよ。年甲斐もなくネ」と、美奈子は相手の口に釘を刺した。こんな時、逆らってはいけない。逆らわず、うまく躱(かわ)さなければ……と、美奈子は、この五年間の教訓を胸に納めていた。

近況報告も、いよいよ終盤を迎えた。あと三人が残るばかり。マイクはいよいよ美奈子の手に渡されるはずだった。だが、その瞬間、司会の直子が、かなり強い力でそのマイクを捥(も)ぎ取った。

「ごめんなさい、皆様。もうお時間がございませんの。残るはお三方、桐生さん、大林さん、鈴木さん、いつもお馴染(なじ)みのお顔です。いつもご参加頂きまして、ありがとうございます。いつものお顔に免じてお許しを頂き、このへんで校歌でメ(しめ)たいと思います」

と、有無を言わさず言葉を続けた。

「このグランドピアノは、一流人にしか貸し出していらっしゃらないそうですが、今日は、特別に支店長さんのお計(はか)らいで、校歌なら、ということなのです」と言いながら、美奈子の耳元で、「そんな訳でごめんなさいネ」と誇らしげに囁いた。まるで〝アンタの演歌なんて〟と言わんばかりの言いように、何も頼んでいないのに、と美奈子は一瞬ムッとした。

要するに直子は一言でも私に喋らせたくないのだ、と美奈子は思った。

「何を言っていらっしゃるのか、さっぱり聞こえないのですが」と誰かが奥のほうで言った。すると、すかさず直子は、

「それは聞く気がないからです」と言ってのけた。一瞬、会場はざわめいた。美奈子は少しばかり胸がスッとした。

直子は、構わず周りを無視するかのように、堂々と、まるで一流人が舞台に立つ時のような、鷹揚な態度で、ピアノの前に立ち一礼すると、やがて徐(おもむろ)に椅子に坐って、ピアノの蓋を開け、校歌の前奏を弾き始めた。

こうなると、しらけた雰囲気の中で、七十人近い八十五歳の女性たちが、懐かしくもなく、ただ口をパクパクし、カタカタと入れ歯の音をたて、何とも異様な光景であった。

本條直子と桐生美奈子は、中学、高校と共に机を並べ、ずっと仲良しのはずだったのだが……。

二　母の告白、在りし日の父

いつの頃からか……いつの頃だったろうか、直子のイジメの対象が美奈子になったのは。

そう、あれは全国中学高校生を対象に作文コンクールがあった時のこと。そのコンクールに、本條直子と桐生美奈子が挑戦した。クラスの誰もが、本條直子が賞を取ると思っていた。実際、直子は文章も絵もピアノも何でも上手(うま)かったから。

しかし、現実は桐生美奈子に金賞の軍配が上がった。その時から直子は変わった。生来の意地の悪さが芽を吹いたのだ。

確かに、美奈子はイジメの槍玉(やりだま)に上げられても、何等不思議はないほど、その条件が揃っていた。
まず、美奈子には父親がいなかった。そして双子であった。姉妹はクラスをいつも離されていたせいか、イジメは姉の加奈子には及ばなかった。加奈子は六年間、成績トップを外したことのない頭の良い子であった。誰にでも優しいし、先生のお手伝いも快く引き受けるので、誰からも好かれていた。妹の美奈子は頭脳明晰とはいかず、少々ずっこけたところがあり、それがユーモラスで、取柄でもあった。この仲の良い姉妹がガッチリ手を結んでいるわけもあってか、決定的なことは免れたが、直子の心は執念深く、どこまでも美奈子が憎いのだった。

姉妹の家庭は確かに、余りに変わり過ぎていた。二人の母・桐生奈津は、浜町明治座の裏で、父親が営んでいる和菓子の卸製造の工場の別棟に住み、自分の実家の親兄弟とは一切の交流を禁じられていた。本家は弟が引き継ぎ、今も家業は営まれているものの、そのしこりは大きく、口にこそ出しはしないが、姉妹の心の片隅に固まっている。

奈津はその小さな別棟で、双子の加奈子と美奈子の三人で暮らしていた。奈津は、着物の仕立て一筋、雨の日も風の日も雪の日だって、その手を休めたことはなかった。奈津には日曜も祭日もなかった。人の三倍働いていている。

休みの日は、必ず近くの病院で、今でこそ当たり前な健康診断のようなものを受けていた。それは、自分が倒れたら……という意識が、いつも頭の中に危険信号を点滅させていたからであった。姉妹が小さい頃、

「お父さんは、あなたたちが生まれてすぐ、病気で亡くなったと思っていてネ。大人になったら、きっと話すから」

と、奈津は含みのある一言を発してから、以後、そのことに触れることはなかった。子供の頃は、そのことで謂れのない差別に苦しんだが、双子という二人の力があったので、今のような悲劇は起こらなかった。

高校生ともなればもう大人の感覚で、噂話もいろいろ耳に入ってきた。事実を正確には知らないまでも、何となく納得していたので、三流映画に出てくるように母を責め立てたり、グレたりすることもなかった。そして無事高校も卒業し、姉妹それぞれ

の道を歩み始めようとしていた。奈津が初めてホッと息をついた時だった。

あの戦時下の苦しい時代に、周りの強い抵抗を押し切って、双子を産み、育ててこられたのも自分に確かな仕事があったからだと、奈津は今でも固く信じている。奈津は子供たちに決して金の心配は掛けなかった。実家に泣きつくことも一度とてなかった。そして、なぜか、いつもとても明るかった。


ある日、思いがけない客人が奈津を訪ねてきた。二人は互いに再会を喜びながら、懐かし気に言葉を交わし、涙さえ浮かべている。

その日は祭日であった。妹の美奈子は外出し、加奈子は一人、大学の分厚い教科書を母の仕事場の隣の部屋の本棚に整えていたところであった。

客人は仕事関係の人でもなさそうなので、加奈子は、いつもの焙じ茶ではなく煎茶を入れ、部屋に入ろうとした。すると、

「あとはわたしがやるから」と母は襖を静かに閉めた。

気になって、そのまま襖の蔭で暫（しばら）く耳を澄ませていると、よくは聞こえないが、

「吉村少尉」とか、「死刑」とか耳に飛び込んできた。いよいよ動けなくなり、なおも神経をとがらせていた。大層な話のようだが、今度は二人で笑い合ったりもしている。少尉とか、死刑とか、一体何の話なのか。頭の中がパニックになった。自分たちが苛められる根拠となったあの噂話とは大分かけ離れた話であった。

「死刑!?」

自分たちの父親の話に間違いない。『自分たちの父親は罪人だったのか?』加奈子は肩を落とした。

「そうですか、新しいお仕事先が決まった。あなたなら、どこでも採用してくださるでしょうが、外務省とは、よかったですネ」

と、母の声が動いた。加奈子はあわてて襖から離れた。

「お客様、お帰りよ」

母の声に、加奈子は玄関の靴をもう一度整えた。部屋から出てきた客人と目が合った。男性は母親と同年配、若さもあって、立派な風格の持主。

「こちらが?」

「ええ、上の加奈子です。早稲田理一の一年生。ネ、ホヤホヤネ」と奈津は爽やかに笑った。男性は大きく頷いて、

「奈津さん、素晴らしい、素晴らしいですよ」

と、また、加奈子を見返した。客人のいうその〝素晴らしい〟は、自分のことではなく、母に言っているのだと、鋭敏な加奈子はすぐ感じ取った。

「あの人は誰？」

と、母を見た。

「あの人は恩人」と、奈津はその時多くを語らなかった。加奈子は、もう頭の中で大方の見当は付けていた。

〝今晩がチャンス〟と瞬時に思った。

いつも、それぞれの都合で、まちまちの食事時間であったが、今夜は三人揃わなければ、と加奈子は思った。

「今夜、何かが、何かが起こりそうだから、寄り道しないで帰ってきて」

と、美奈子に連絡した。

「何？　何かいいことあるの？」

と、美奈子の弾んだ声。

「ともかく、まっすぐネ」

加奈子は美奈子とは逆に、何にでも拘(こだわ)りを持つ娘であった。何事も理論立てて納得のゆくまで、というタイプなので、今日のことも大方の見当は付けていた。たとえ、母から出なくても、我が家の真実と向き合いたかった。


加奈子の予想通り、奈津はその夜、父親のことを初めて、娘たちに告白した、それが二人に対する礼儀、自分の義務と心得ていたのだ。

「あなたたちのお父さんは、心の真っ直ぐな、情の深い人だった。正義感の塊のような人だった。陸軍少尉だったの。わたしとは、陸軍士官学校時代からのおつき合い。上官の責任を一言の不満も漏らさず、すべて押し付けられて、すべて呑み込んで、部下たちの命を救ったのよ。上官の責任を……すべて押し付けられて……」

「なんで!?」と美奈子は怒りを爆発させた。加奈子の嗚咽(おえつ)が漏れた。

「泣かないで聞いて……あの人は、上官の責任をすべて引き受けて、刑に服したの。そういう時代だったの。母さんたちはそういう時代を生きてきたの。理不尽に耐え、すべて呑み込んで……刑は……刑は銃殺刑だった」

美奈子がワッと泣き伏した。

「母さん、お前たちを産んで、よかった。いつでも、苦しい時も、楽しい時も……いつも一緒だった。ずーっと。今だって……」

そして、言葉を続けた。

「母さんネ、二人に謝らなければならないの。吉村には、奥さんが……」

「母さん！　言わないでいい。言わないで」

と、加奈子は奈津を抱きしめた。

「母さん、悪くない。ありがとう」

と、美奈子が言葉を重ねた。三人が肩寄せ合って、涙の枯れるまで泣いた。いつまでも、いつまでも。

その父、この母の子であったことが、誇りにさえ思えた姉妹の涙であった。

陸軍少尉であった二人の父、吉村大蔵は、隊長の命を受け、戦争終結に向け、隠密工作に加わっていた。すべては隊長の命令であったが、この作戦には吉村自身、非常に情熱を燃やしていた。一日でも早く平和な社会を……と。そして、大戦が終局に迫る頃、軍上層部では、無意味な反戦分子狩りが始まった。上官は自分たちの行動を隠蔽するため、責任をすべて吉村一人に押し付けた。まず自分たちの安泰を図り、また部隊全体の生命を吉村一人の責任として収めるためであった。〝あんなに平和をスローガンに掲げたはずの上官が〟と孤独に苛(さいな)まれながらも、部下たちにまで累(るい)が及んではならないと、黙して刑に服したのだった。それは、すべて秘密裡に行われた。

雪の日の執行の前日、家族の別れの日、奈津は一人だけ吉村への面会が許された部下の保川に、自分の妊娠の事実を伝えて欲しいと依頼した。すべてを保川の判断に託したのだ。知ってもらいたい、知らせたい、と悩んだ末のことだった。

建物の蔭で、奈津はひたすら保川を待ち続けた。涙はなかった。ただただ、吉村の心と一緒で居たかった。苦しみを少しでも軽くしたかった。自分の生きたこの世に、自分の血を分けた分身が、生きた証(あかし)が残せたら、少しは明るい気持ちになれるのでは。それとも重荷の上に、いま一つ重荷を背負わせてしまうのか！

短い恋だった。何もかも承知の上で燃えつきた恋だった。

一台の黒い車が、吉村の両親と妻であろう三人を乗せ、奈津の前を通り過ぎて行った。そして間もなく保川が現れた。

「奈津さん、しっかりと伝えましたよ」

「はい」

と、奈津は礼も忘れ、保川の次の言葉を待った。

「ありがとう。真っ直ぐに育ててください。今はもう何もできない自分を許してください。宜しく頼みます。愛している、と伝えてください、と。……私はあの目の中に一瞬キラッと輝くものを見ました。昨夜は部隊の者たちは、みんな伏して、肩の震えが止まりませんでした。悔しいです。実に理不尽です」

保川の、地からにじみ出るような、この時の叫びは、時が過ぎても奈津の心の奥から、あの時代を甦らせていた。

三　白亜の城を夢見て

姉の加奈子は、父、吉村大蔵のＤＮＡを受け継ぎ、頭脳明晰、早大理学部に一発で合格した。

妹の美奈子は、映画好きで理数系が大嫌い。宿題はすべて姉まかせ。裁縫の宿題は、母まかせ。奈津は下手に縫うことに、随分と苦労をさせられたものだった。この二人は奈津にとってはかけがえのない、大切な、大切な宝であった。

数年後、加奈子が早稲田の理学部の助教授との縁が決まった時の周りの反応。それはもう並大抵のものではなかったが、当の先生が加奈子以外の人を認めず、望まれて、堂々と相手の戸籍に入った。生涯仲の良い夫婦であった。

美奈子はといえば、高校卒業以来ずっと、奈津が出入りの老舗呉服店に勤務。同僚たちは皆、寿退社で去って行く。××学院の友達も、皆それぞれ家庭を持った。結婚至上主義の時代であった。なぜか美奈子ひとりが取り残され、三十三歳の女の厄年に入っていた。これという確かな生き甲斐もなく、思う人にも恵まれず、砂を噛むような明け暮れにあきあきと、やや捨て鉢ムードな毎日であった。

ある日、恵比寿の駅から五分も掛からない高台にヨーロッパの白亜の城のようなマンションが建つという新聞のチラシに目が張り付いた。

六〇㎡で六五〇〇万、当時の相場としてはかなりの高額であった。マンションから駅までの道も、美奈子が住んでいる浜町あたりではとんと見かけない目を見張るような欧州風の建物ばかり。デンマーク大使館もあった。

寝ても覚めても頭の中はそのことばかり。自分の貯金通帳はその金額には程遠く、やはり夢かと諦めながらも、現地に何度も足を運んだ。

「住宅ローンをお勧めします」とパンフレットを渡された。自分の預金は三百万。三百五十万を二十年で返済する。なんとも気の長い話だ。五十三歳になってしまう。せっかちな美奈子には考えられないことだった。

「お母さんに相談してみたら。ローンって最初は利息ばかり。元金はほんの僅かですってネ。なら、お母さんに払ったほうがずっと合理的。私も頼んでみるよ」

と、加奈子は言う。

奈津にとって、こんな嬉しい話はなかった。しかし奈津は厳しかった。

「利息、ちゃんと払ってくれるなら。今月は払えない、来月なんていうのなら、断る。母さんだって一生懸命貯めたものなんだから」

と、突っぱねた。

美奈子は加奈子と違って少し甘いところがある。奈津はそこを見極めたかったのだ。

「ちゃんとするから、お願い、貸して。お金貸して、お願い」

奈津は内心嬉しくて、涙が出そうになった。美奈子のその後の決断も、奈津にとっては、この上なく嬉しいものだった。この古い家に母と住んで今まで通りの生活を続け、そこは賃貸にまわす、と言うのだ。結構しっかりしていた。

「今は我慢する。返済が終わり次第、独立する」

「おや、この母さんを捨てて行っちゃうのかい」と奈津は少し寂しかったが、娘の成長が嬉しくて涙をそっとおさえた。

設計は2LDKで、バルコニーが広かった。リビングから両開きの大きな窓を開けてバルコニーに出られるなんて夢のよう。加奈子まで目を輝かせて、

「あーア、私もこんな部屋でひとり暮らしがしたい。いいなあ、私だって、やりたいことがあったのよ。あの頃の夢、志、どこに消えてしまったんだろう」

「でも、今じゃ教授夫人じゃないの。私なんか、いつもひとりぼっち」

「自由があるじゃない。私はいつも家事、家事、家事、雑用に追いまくられて、バカみたい」と、吐き出すように言った。

奈津はさっきから専ら聞き手でいたが、心配になって、

「何かあったのかい？」と加奈子を見た。

「何にも。毎日毎日同じことの繰り返し」

と、吐き捨てるように言う。加奈子にしては珍しいことだった。

「だって、それが日常でしょ？」と窘めた。加奈子はそんな母に苛立って、

「母さんには分からないわ、自分の思うように生きてきた。大変なのは分かっているけど……。そういう生き方、憧れる。そういう生き方」

「憧れる？」

奈津は驚いて、もう一度咬みしめて、吐き出すように、

「そんなんじゃないよ」と言葉を呑み込んだ。女三人、それぞれの思いが交錯し、ずっと不自然な沈黙が続いた。

頭が良くて性格も良く、誰からも好かれ、思う人と結ばれて、子供も優秀で……こんな姉が、美奈子はいつも羨ましかった。

何が不満なのか？　加奈子の気持ちが分かりかねた。

今、美奈子はこのマンションに酔いしれている。燃えている。そのマンションにすぐに住める訳でもないのに、借金を背負うというのに、なぜか心が弾んでいる。加奈子にはいつも頭が上がらず、いつも従っていた美奈子であったが……。

大手建設会社の工事は急ピッチで、だんだん形を成してきた。奈津も今では裁縫教室、着付教室と地道に自分の仕事を発展させていた。その頃になると、女二人で乾杯の気炎をあげることも度々あった。

四　四十年の密やかな恋

そんなある日、底冷えのする寒い日だった。店内のエアコンを最強にしてもなかなか暖かくならず、店員たちも背を丸めている。その日は社長のお達しで六時に店を閉めることになっていた。皆、そわそわと帰り仕度を始めていた。

さっきから、ウインドウに飾りつけた伝統工芸辻が花の振袖にじっと目を留めている中年の男がいる。美奈子はドアを開けて、

「どうぞ、中でごゆっくりとご鑑賞ください。どうぞ、外はお寒いですから、どうぞ、どうぞ」と招き入れた。

「ありがとう」

と、白い息を吐きながら店内に入ってきたその客は、紫色の辻が花の振袖から目が動かない。

「おいくらですか？」

「二百八十万円です」と答えると、客は驚いて、

「おー、お高いですネ。でも素晴らしい。ブラボーです」と、もう一度見直している。

「人間国宝の小田流星先生の作品です」

「ああ」と、客は大きく頷いた。

奥のほうからザワザワと着物姿の男性店員たちが期待を持って出てくると、それとなく客の周りに集まってきた。

「お嬢様のですか？」

と、中の一人が口を切った。

「いえいえ、そうではないのですが、余りに素晴らしくて、ついつい」

皆、一瞬「なーんだ」と、がっかりした雰囲気が見て取れた。美奈子は咄嗟にまずい、と思い、

「こちら、小田先生の作品のパンフレット。こちらが私共ます屋のごあんないです。宜しかったら、どうぞ」と手渡した。

「ありがとう。ニューヨークも今、日本ブームです。参考に頂いてまいります」

アメリカ人なのか？　流暢な日本語であった。

「どうぞどうぞ」

美奈子はもう一つ、粗品の日本手拭いを加えて手渡した。客人は恐縮して丁寧に、

「ありがとうございました」と言って出て行った。

客が帰ると、早々に皆が閉店の準備にかかった。

「冷やかしの客に粗品まであげることないのにネ」と厭味な声が聞こえた。

「いいじゃないの、ニューヨークで、ます屋の宣伝してもらえれば……」と美奈子はおどけて笑った。

「またまた、すぐ本気にしちゃって」と一人がバカにして鼻で笑った。これもまた、何でもバカにしたがる人なのだ。

二十年も勤めていれば、もう馴れっこだ。七、八人いる男性店員たちも同じようなものだ。仕事は、ただ生きるための糧（かて）、と思っている人が殆どだ。特殊な世界は別として、自分の仕事を愛し、生き甲斐を感じている人が、果たしてどれ程いるのだろうか？　右も左もただ生活のため。自分自身を考えても、夢や志がまだ見つからず、た

だただ時間に流されて、何を見ても趣味程度で足踏みしている。それでも人は、あなたより自分のほうが、という意識が強い。訳もなく相手を軽蔑したがる。

奈津のように、時代に捥ぎ取られた愛を、いつまでも大切に守り抜く、苦しい生活を強いられながらも、幸せを感じ生きている、あの生き方。

今、自分には信じる仕事も信じたい人もどちらもない。あのようにいつも燃えていられる母が羨ましい。姉もそう思っているのだろうか！　と、同じ血を感じた美奈子であった。

大島紬や結城紬、一竹辻が花のような伝統工芸の作品がよく売れている高度成長真只中の頃だった。白亜のマンションに住める訳でもなく、あの感激もほんの一時のこと。女盛りの心の中は木枯らしのような風が吹き荒んでいた。

銀座並木通りの路地を入った十坪ばかりのバー『とまり木』は、美奈子が時々立ち寄っては、水割りかロックを二、三杯も呑んで、マスターの青木と冗談を交わしては、今日の憂さを落として家路につく店だった。

奈津はよくそんな娘を、「男みたいだねぇ」と笑ったものだ。

テーブル席はいつもアベックばかりなので遠慮して、美奈子はカウンターの奥が定席だったが、今日は先客がいたので、別の椅子にバッグを置いた。

「いらっしゃい」

今日はイタリアンカラーのシャツにダークグリーンのベストを着こなして、ご機嫌になっているマスターの青木が、

「寒いでしょう。もう三月だっていうのに、まだ桜が芽を吹かない」

と、おしぼりをすすめた。

「頭が凍りつきそうよ。春はまだ遠い。わたしの春も遠い遠い」

と、美奈子は笑って相槌を打った。

するといつもの美奈子の席に坐っている客が、

「あら、あなた、先程の」と言った。さっき、店で辻が花に見入っていた男だった。

「あら」

「先程は、ご親切にありがとう」

「あら……」と美奈子はまだ言葉が見つからず、アラ、アラを連発している。

「なに、お知り合い？」とマスターが二人を交互に見た。

「いや、さっき少し時間があったんで、ちょっと、銀座の裏通りを歩いていたら、すごい細工の豪華な着物が目につきましてネ、こちらのお店に立ち寄りました」

　マスターは驚いて、

「買ったの？　高いでしょう」

と、目を剥いた。

「いやいや、とてもとても」

と、男は懐（ふところ）から名刺を取り出して、「私、こういう者です」と差し出した。

〇〇会社常務　周知来（ちらい）と書かれていた。

美奈子は名刺を持ち歩く習慣がなかったので、「私、桐生美奈子と申します」と頭を下げた。

　年の頃は、美奈子より十歳ぐらい上に見えた。改めて見直すと、ダンディーで好感の持てる人だった。二人はグラスを傾けながら、世間話を交わした。

「今日は、これから人と逢うので、明日お逢いできますか？　帝国ホテルのロビーで七時、いかがですか？　お食事でもご一緒に」

美奈子は言葉がなくて躊躇していると、マスターが、

「たまにはいいでしょう。真面目なんだから。周さんなら心配いりません。何かあったら、すぐ言ってください」

「何？　何かあったらって」と、周知来は笑って、

「心配しないでください。あなたの応対はとても、とても、素晴らしかったですよ」

周は結局逢う約束を取り付けて、早々に店を出て行った。

「周と私は、ながーい付き合いでね。四年間ずっと一緒でした。大学の友人ですよ」

「お仕事は？」と言いながら、美奈子はさっき貰った名刺に目をやった。

「貿易です。サンフランシスコではまあ中堅でしょうネ。お父さんの会社です。お母さんは日本人です。だから日本語上手でしょ。彼はいずれ社長です。社員が百四十人ぐらいいますよ。二代目でね」

マスターはそう言いながら、グラスに砕いた氷を入れ、ウイスキーを注いだ。美奈

子は少し薄めのオンザロックを口に含みながら、あの鷹揚な雰囲気に、言われてみればすべて納得ができた。酔いが少し回ってきたせいか、美奈子は、なぜか昨日とは違うウキウキとした心の弾みが止まらない。その夜は明け方頃やっと眠りについた。

銀座の店から帝国ホテルまでは歩いて十分とはかからない。店は早番と遅番に分かれていて、美奈子は早番に属していたから、時間早々に引き上げ、デパートの化粧室で髪を整え、デートでもないのに落ち着かない。いろいろな思いを巡らせながら、ホテルのほうへ大きく歩を向けた。

どこかで食事でもしたら、それでおしまい。仕事を終えたら、翌朝は、シスコに帰るのだろう。そうね、いくら素敵な男でも、自分には一分(いちぶ)の縁もありはしない。ずっとずっと。

三十過ぎた女にしては、ちょっと幼い妄想を繰り返し、運ばれた紅茶にまだ口もつけていない。随分待たされているように思ったが、七時ぴったりに肩を叩かれた。

「お待たせしてしまったかな」

「いいえ、私も今」

彼は席に坐りながら、

「地下の『北京』で中国料理はいかが？」

と言いながら、寄ってきたウェイターに、

「僕も紅茶、レモンティーね」と言った。

もうずっと前から知り合いのような、ごく自然なリズムで……。

「なかなか暖かくなりませんね。僕は寒がりでネ、男のくせに」

「私も寒がり。すぐ背中を丸めて、フフ」

と、美奈子は相手の動きが年に似合わず可愛らしくて、思わず笑った。やがて運ばれてきた紅茶で、

「じゃあ紅茶で乾杯ネ」とカップを合わせてから、

「あなたも紅茶が好きですか？　コーヒーより」

美奈子は思わず似ているなあと思いながら、

「私、コーヒーがどうしても好きになれないんです」と口ごもった。

「ああ、そういう人もいるんだ。僕も実は、大きな声で言えないんですが、コーヒーが大嫌い。そのクセ、今日は新しいタイプの缶コーヒーの話、一つまとめてきたんです。いい加減なものですネ」

思わず噴き出してしまうほど、どこか飾りのない、率直でユーモラスなところが気楽で、紅茶一杯で結構話し込んでしまった。

その夜は『北京』で食事して、「お送りしましょう」という彼の好意に甘えて、日比谷から浜町の我が家まで送ってもらって別れた。終始話が絶えることがなかった。愉快で家に帰っても、ついラララと鼻歌を口ずさんでしまう。

「酔っているのかい」

と、奈津は娘の背を強く叩いた。

「ちょっとネ。酔ってまーす」

と、美奈子はおどけて敬礼して、襖を閉めた。バッグから手帳を取り出し、さっき車の中で交わした明日の約束の時間をもう一度確認し、思わず手帳に頬をあて、何度か頬ずりしてキッスした。逢ったばかりの人なのに、生まれて初めての感覚であった。

翌朝、「おはよう、今日は、夕飯いらないからネ」と言った。

奈津は〝ハイハイ〟と二つ返事で受け流し、娘を送り出した。が、一抹の不安が残った。無性に寂しかった。今日も、帰りは遅くなるのだろうと。

その晩、奈津の予想通り、美奈子は千鳥足で帰ってきた。時計の針は十一時を回っていた。奈津の心配はより大きく膨れ上がった。

「誰と呑んだの？　昨夜の人？」

と、それとなく訊いた。

「誰でもないよ。夢の中の人だよ」

美奈子は完全に酔っていた。

「いい年をして、バカ言ってるんじゃないよ。こんな遅くまで……」

「ほっといて。一週間でいなくなるから、安心、安心」と襖をピシャリと閉めた。

周知来、逢ったばかりの人なのに、なぜ、私はあの人がこんなに愛(いとお)しいのだろう。

別れは、すぐそこにあるのに。どうせ、ただのゆきずりの人なのに。ただの通行人なのに……。

　知来の東京滞在の予定はあと三日。帝国ホテルのロビーは、二人にとって都合の良い待ち合わせ場所だった。知来は自分の定宿だったから、仕事着を着替えることも、髪を整えることもできた。美奈子もまた、此処は呉服の展示会で度々使う馴染みの会場だった。

　もう約束の七時を三十分も過ぎている。待ち侘びていると肩を叩かれた。〝ああ、来た〟と微笑んで振り向くと、そこに立っていたのは、あの直子だった。それとほぼ同時に知来が姿を見せた。

「ごめんなさい、お待たせしちゃって」と言いかけたが、そばの直子に気付き、自分は引き下がり直子を優先させた。

　直子は知来と美奈子を見くらべながら、

「あら、ちょっとお見かけしたものだから」と一歩引いた。

「あ、どうぞ、どうぞ。構いませんよ」と知来が椅子をすすめた。

「お待ち合わせ？」と訊きながら、美奈子はその椅子の前に立ちはだかった。直子は、

「ええ、主人と。近いうちにお店に寄るわ」と、不愛想に応えたが、知来には、「すみません、失礼いたします」と、この上なく丁寧に挨拶をして去って行った。

「三十分も待たせちゃって、ごめんなさい。連絡のしようがなかった。仕事がなかなかスムーズに行かなくて……」

「平気です」と美奈子は微笑んだ。

「知さん、お仕事頑張って」

「知さん……？　ああ、知さん……」

と、知来は納得して、

「じゃー僕は、美奈さん、いや美奈ちゃんかな」

と、笑った。二人はまた無邪気に重ねるように笑った。

その夜も何事もなく、楽しい会話が弾んで、十一時になった。

奈津の心配は、尋常ではなかった。いつも、いつも、美奈子が何か失敗すると〝美奈子は、自分に似ている〟と冗談を飛ばしていたのだが、今の美奈子の変わりようは普通ではない。

〝一週間で帰る人〟

つまり相手は外国人なのだ。多分、妻帯者に違いない。騙されているのでは……と、キリキリと胸が痛かった。だからといって、三十過ぎた大人に、たとえ娘といえども、あからさまに余計な口出しするのも憚（はばか）られる。どうなる訳でもないだろうに。ただただ、自分のような苦しい人生を送らせたくはなかったのだ。

その日の美奈子の帰宅は、十二時を少し回っていた。だが奈津はぐっと胸におさめて娘をじっと見守っていた。

奈津は自分のことに置き換えて考えていた。吉村の処刑の後、母は、間もなく心臓発作で生命を落とした。母が、どんなに娘のことを思い悩み苦しんだかは、親になって初めて知ることであった。

バー『とまり木』は遅くまで賑わっていた。知来、美奈子とマスターの青木で笑いが絶えなかった。ただそれだけ。何も起こりはしなかった。

〝なーんだ　わたしは　ただひまつぶしの女！〟と、美奈子の心は萎（な）えてしぼんだ。

〝期待するからがっかりするんだ。何事も期待しないことだ〟と奈津はお念仏のようによく呟いていたけれど、母は我が父、吉村大蔵以外の人物に出会わなかったのか、一度問い詰めてみたかった。

　別れの朝、二人は、何人かの仕事関係の見送りの人と同じ笑顔で、同じリズムで、終始した。飛び発つ寸前、知来は、美奈子にさりげなくB５の茶封筒を手渡した。美奈子は訳も分からず無言で受け取って、飛び発つ知来に夢中で手を振った。涙が滲んで、知来がユラユラと揺れて見える。

　封筒は家に帰ってからと思ったが、我慢しきれず、空港のトイレの中で封を切った。

「美奈、ありがとう。この一週間楽しかった。私の心分かってもらえるかな。多分余りに短い出会い、信じがたいのも無理はない。私にとってあなたは、ただ、通りすがりの人ではない。波長が合うというか、表現は難しい。私が死ぬまで大切に守りたい人。今回は余りに短く、余りに忙しかった。秋まで待ってください。秋になったら今度はゆっくり逢いに行きます。忘れないでください。元気でネ。手紙ください。私も書きます。待ってます」

美奈子の目は真っ赤に充血した。涙が止まらない。流れる涙を拭きもせず、もう一つの茶封筒を見た。表面に五十万円と小さく記されていた。驚いて封を切ると、一枚の便箋に「これは私の気持ちです。どうぞ御笑納ください」と達筆な文字が記されていた。

これが二人の出会いであった。以来、来日の度にこの五十万円は続いた。この知来の心を大切に、何か余程の時のためにと、美奈子は未だ手を付けていない。

好き好き好きで四十年。ずーっと続くと思っていた。来年も、その次も……。

「美奈、もうお互いに若くない。来年はどこか湖畔の宿で、ゆっくりしたいネ」

これが最後の日となった、あの日の別れ際の言葉であった。秘書の連絡で、車の事故死を知らされたのはそれからまもなくのことだった。美奈子は七十を疾うに越していた。

その年の八月、奈津は美奈子に抱かれながら脳出血で呆っ気なくこの世を去った。

冷たい母をいつまでもいつまでも抱きしめた。張り詰めた苦労の一生であった。情熱の一生でもあった。姉の加奈子も母を追うように夫の元に走った。自分も知来のところに……。

ところが、運命はそう安易には転がらなかった。脊柱管狭窄症、白内障、頚椎症、大腿骨骨折と矢継ぎ早に襲われてみれば、生命の大切さ、健康のありがたさが先で、孤独とか、寂しい等々、センチメンタルに浸っているゆとりはなかった。早く健康になりたい、早くスムーズに身体を動かしたい、と黙々とリハビリに没頭した。

孤独とか、不安とか、拘り過ぎて、自ら生命を落とす人もいる。楽しく暮らすも、虚しく過ごすも、すべて自分の脳のコントロールで決まる。と美奈子は今、やっとそんな気持ちになっていた。

『未来の会』を貶（けな）されてもまったく平気で、今更驚かない。八十五歳で初めて見つけた自分の生きる道であった。過去の自分を清算しようと。

そうよ、爆発だ！　新しい未来……と、青く澄み切った大空に大きく息を吐いた。

五　現代の哀しき闇に思うこと

「桐生さん、二次会、行くでしょう？」
三、四人が美奈子を囲んだ。
「ごめん、これから寄らなきゃならないところがあるの」咄嗟にそう言ってしまった。

「まあ、残念。お話伺いたかったワ」

「今日は説明を聞いて頂きたかったけど……。時間がなかったでしょう」

「ねぇ、あれは失礼ネ。自分はあんなに喋りまくっていたくせに。第一なーに、〝それは聞く気がないからです〟だなんて」

「苦労なしで来たんでしょ、ずーっと」などと囁き合っている。

美奈子は今日のために作った、名刺を取り出して、それぞれに手渡した。

『みんなの未来の会！』と皆がそれぞれ口の中で言っている。

「どんな会なの？」

「元気の出る会」と、美奈子は皆を見回した。

「私みたいに、元気のないおばあでも？」と目を輝かせている。

「勿論よ。ここで説明も難しいから、パンフレットお送りするわ」

私にも、私にもと周りの皆が言ってくれたのが嬉しくて、二次会に行きたくなったが、言ったことに訂正もきかず、ちょうどタクシーが止まったので皆と別れた。ホテルの入り口で直子がじっとこっちを見ていた。額の禿げあがった初老の男と一緒であった。美奈子と目が合いそうになったが、視線を振り切るように、直子はホテルの中に消えた。それを追うように男も消えた。


ずっと晴天が続いている。今日のクラス会は帰り際で救われた。夢・志とは無縁の人たちかもしれない。八十五歳という年齢が一つの大きな山。八十五歳であろうと二十歳（はたち）であろうと、夢・志の世界を知ってもらいたい。しかし、その道のりは未知数で美奈子自身『みんなの未来の会』に辿り着くまで、それを意識してから五年の歳月がかかっている。二十歳で目覚める人も、八十歳で目覚める人も、すべて「これから」と言える。
美奈子の場合は、母も姉も知来も亡くなって初めて目覚めたことだ。人生いつも〝これから〟と最近雑誌でも度々見かける言葉を、今、美奈子は自分の座右の銘と決めている。これからが、私の本格人生。味わったことのない充実感を美奈子は感じ始めていた。

ひとりで生きて　ひとりで死ぬのよ
それがわたしの　覚悟です
知らぬ世界で　思い切り
八十なんぼの　爆発さ
長い柵（しがらみ）　翔ばします
やっと掴んだ　この自由
ああ　これからよ
なんて　ステキ

ひとりで生きて　ひとりで探る
それがわたしの　覚悟です
知らぬ未来に　花を見る
八十なんぼを　賭けてみる
やりたいことを　やるのです
たった一つの　この夢と
ああ　これからよ
なんて　ステキ

ベッドまで行くのがしんどくて、ソファーに深く身体を埋めながら、また美奈子の勝手節はいつまでも続く。ああ、これからよ、なんてステキ。

恵比寿の白亜のお城のようなマンションも、十年も住んでいれば、もう普通の住まいに過ぎない。

恵比寿駅のショッピングセンターもすっかり姿を変えて、人の流れも、以前にも増して華やかになった。美奈子は馴染みの銀座が好きで、今日は久し振りに知来と楽しんだ『北京』のランチでも愉しもうと呑気に階段まで来た時、人混みを縫って走ってきた少年が、美奈子を突き飛ばした。

瞬間声もなくその場に倒れた美奈子。

「おい、コラ‼　待て」と、傍にいた男性が叫んだが、少年の姿はもう見当たらない。

ショッピングカートとステッキを頼りに歩いていたが、それを飛ばされた。

「危ないなあ、今の若い者は」と呟きながら、男性がカートとステッキを寄せてくれた。

「大丈夫ですか？」

「ありがとうございます。大丈夫です」

と、美奈子は手の砂を払った。

「よかった。じゃー」と男性は大股で階段を下りて行った。

〝若い人に助けられて、やっぱり老人だ〟とヨロヨロ立ち上がったが、美奈子は急に階段が怖くなり、エスカレーターやエレベーターのあるほうへ歩き始めた。

電車を一台やり過ごした後らしく、ほんの一時人がまばらになったホームを中目黒の方向へ歩き始めた。混んでいるので、また一台やり過ごし、ホームのベンチに軽く腰を掛けた。すると殆ど同時に美奈子の隣に息の荒い少年が腰を掛けた。アッと胸を突かれた。さっき自分を突き飛ばしていったあの少年だ。視線が定まらず、息遣いが荒く尋常ではなかった。身体も僅かに震えている。あの時から僅かな時間だが、その間に何台かの車輛は入ってきたはずなのに、ここに居る。少年は車輛の音に俄かに立ち上がった。思わず美奈子も立ち上がった。ゴーッと車輛音が近付いてきた。少年は歩幅を広げ、線路目がけて走り始めた。美奈子は咄嗟に追いかけ、少年が肩から長く垂れていた黄色い紐を夢中で掴んだ。八十五歳の美奈子は少年に折り重なり、入ってきた車輛スレスレのホームの端に倒れ込んだ。驚いた周りの人たちは、一旦振り向きはしたものの、電車から吐き出されてきた人たちと一緒に、人混みの中に消えた。美

奈子は大きく肩で息を吐き、

「危なかったわネ。辛いことがあっても、負けちゃ駄目よ。いつだって、いつだって、コレカラよ。投げ出しちゃ負けよ」

と、少年のバッグから飛び散ったノートや携帯やペン等を拾い寄せながら置いた。

少年は無言のまま、暫く宙を見つめていたが、やがてひったくるように荷物をねじり取り、振り向きもせず憮然と出口のほうへ消えた。

やっぱり少年は死ぬ気だったのだと、美奈子は確信した。あの虚ろな目は只事ではなかった。

「死にたい程イヤな現実と、また生きてゆかねばならない。あの婆さんのお陰で……」と恨んでいるかも知れない。助けたからといって、良い気持ちではなかった。

昨日は息子が母親を、今日は妻が夫を。三日前には、義理の父親からのＤＶ被害を訴え続けていた五歳の女の子を、大人たちは誰も助けてやることができなかったというニュースが流れた。

そういえば、三日前の夜は掛布団の上に厚めの羽毛布団をもう一枚出して掛けたくらいの寒い夜だった。あの夜、その子は部屋から追い出されベランダで凍死したのだ。凄まじい事件がなぜこうも後を絶たないのだろうか……。こうした事件を起こす人間とはどんな生い立ちの人なのだろうか？

何がそんな暴挙に、彼らを走らせたのかを究明したいと美奈子は思った。

格差社会、ストレス社会の出現で平和な日常が脅かされているのかも知れない。

ＩＴ、ＡＩの時代は加速度的に進み、気が付けば、それよりもさらに進んだ世界が展開されている。こんな時代にこれから人と足並み揃えて生きていけるのか、美奈子は全く自信がなかった。

昭和は、暗い時代でも、あの灰色の穴から這い上がる活力が充ち溢れていた。這い上がった遥か向こうに希望の光が見えていた。家を焼かれ、食料も不足、おんぼろの服しかなくても、母と姉と三人のあのぬくもりのある暮らしは、今も心が折れそうな時、そんな時代もあったと思い出しては元気になる最近の美奈子であった。

六　プロデューサーとの出会い

やはり年の所為か、『みんなの未来の会』が少し重荷になってきた。誰が応援してくれているわけでもないのに、自分一人の考えで、クラスの何人かに話してしまった。多分、直子の耳にも入っていると思うと、胃のあたりが、キリキリとしてきた。

それに輪をかけて、来週は、エッセイストクラブのパーティーがある。美奈子たち素人群団とプロ群団が合流する初めてのパーティーだ。作詞の方から投稿したのは桐生美奈子一人で、あとは皆素人とはいえ、エッセイストクラブの本会員ばかりで全く馴染みの人がいなかった。それに会場に行っても自分は何かの支えが無ければ立っていられないから、「いっそ欠席してしまおうか」なんて、少し弱気になっていた。

こんな時、母は「ああ、細かいことは気にしない、気にしない」と、いつも背中を強く押してくれたものだった。

「どんなドジを踏んだって、人は自分が考えているほど、気にして見ているわけもない。弱気は禁物」などと自分流辻褄合わせで、その都度解決してきた。

パーティー会場は銀座の有名フランスレストランである。皆、知った仲間で徒党を組み、歓談している。そしてそれぞれが自分の作品をアピールしている。美奈子は奥のコーナーの壁に身を隠すように、ベンチにひっそりと腰を掛けていた。立って話ができる身体ではなかったし、背骨が年々丸くなってきたし、自分の作品の欠点も、もう充分分かっていたので、ヒヤヒヤ、ドキドキの心境であった。

「失礼ですが、桐生さんですか？」

年の頃四十半ばの男が寄ってきた。

「こういう者ですが」

と、差し出された名刺の文字を追うと、「筈見翔平（はずみしょうへい）　ＴＶ東京Ｊａｐａｎ社会部・プロデューサー」とある。

美奈子は咄嗟には言葉が出なかった。

「あのエッセイ集の中の、『八十歳の爆発』、とても面白くて、一気に読ませて頂きました」

「お恥ずかしいです」

「いえいえ、あなたのあの歯に衣着せぬ、ペンのさばきに脱帽でした」

「本気にしますよ。正直者ですから」

美奈子の年甲斐もないぶっきらぼうな返答に、筈見は大笑いしながら、

「いや、本気で聴いてください。この春の番組編成で、『明日の夢』というシリーズを考えております。あの『八十歳の爆発』、とてもユニークで、今度のそのシリーズのテーマにぴったりで、ぜひあなたにお手伝い頂けないかと、こうしてお願いしているわけなんです」

美奈子は夢でも見ているようで、暫し茫然として、言葉も発せず、筈見を見つめていた。

「いや、決して、決して怪しい者ではないですよ。TV東京Japanのプロデューサーです」

美奈子は慌てて、

「失礼いたしました。勿論、嬉しくて……でも本当に私に……できるでしょうか？」

と、モジモジと、切れ切れに言葉を呑んだ。

「大丈夫、お任せください。敏腕女性キャスターもおりますから、ご心配には及びません。時間がないので今日はこれで失礼しますが、私宛にあなたの主張を書いて送ってください。詳しくはスタジオのほうで。来週土曜一時に打ち合わせしましょう。時間厳守ですよ」

「はい、必ず」

「時間厳守ですよ」と、筈見は、もう一度念を押した。

「承知致しました」という美奈子の声が聞こえたかどうか、頭を上げると筈見はもういなかった。

美奈子は、いつもパーティーの後は二次会にも参加していたが、今日はまっすぐ家に帰り、混乱している頭を冷やさなければと思った。

この年になるまでは、余り〝運〟という強烈な経験には巡り合ってはいなかった。今、人生の終局に来て、神様の思し召し(おぼしめ)か、自分にも幸運が……という実感が胸を突いた。固まっていた脳が始動し、身体中の毛細血管までもがジワジワと熱くなった。

が、反面、大きな不安の幕に全身が包まれてしまった。テレビで話す程の知識があるのか？　不特定多数の視聴者を前に卒倒してしまうのではないか！　意見を理論立てて説明し、相手を納得させることができるのか！

　母も姉もその点は達者であった。母に、姉に、顔も知らない吉村大蔵という父に、仏壇の前で藁をも縋る思いで、今、美奈子は手を合わせている。

「美奈子、此処は正念場だよ」と母が叫んでいるような気がする。

「美奈ちゃん、行き詰まったら、一間（ひとま）置くのよ。何でも冷静になることが大切よ」

　姉の声が聞こえた。

「共感を得るということは、感動させること。今は自由な時代だ。思う存分に主義主張を伝えることだ。頑張って、美奈子！」と初めて聴いた幻の父の声。

「身体にも気配りしてネ。血圧・胃は大丈夫かな？　よく眠ることです。服装は少々派手なほうが夢がある。美奈は帽子がよく似合う。髪の毛みたいなあの帽子、きっとステキだよ」久し振りに知来の声が聞こえた。

《髪の毛みたいなあの帽子、知来が買ってくれた大好きなあの帽子》、美奈子はあの頃を思い出しながら心が安らいだ。

美奈子の主義主張。「人は皆、夢、志の世界を持つべきだ。ストレス、格差、諸々の部分と愛や絆が共存する現実の生活は誰もが生きている当たり前の日常の生活だ。これは義務であり、責任。それは、それで全うし、その上でもう一つの世界を持ちましょう。それが夢、志の世界」と美奈子は思っているのだ。

人生、時間、生き方、仕事、そして夢、志、未来を語り合える仲間が欲しい。広場が欲しい。これを今、仮に『みんなの未来の会』と称しているのだ。

そして、生きることは苦しみと共存させ、それと共に明るく生き甲斐のある自分の道も探る、脳が生きている限り、ポジティブに生きましょう。これが美奈子の言いたい全てであった。

犯罪、自殺の少ない、心豊かな平和な暮らし。そして国民一人一人、親からも教育の場からも、そのことを発信してもらえるなら、日本は小国ながら世界のどの国にも負けない理想の王国になると、美奈子はずっと思い続けているのだ。

慣れない一日だったので疲れてしまい、美奈子はセーターのまま横になって、そのまま眠ってしまったらしい。

七　姉の孫・雄一郎と銀座にて

電話の音で目が覚めた。甥の長男の雄一郎からであった。

「ああよかった。倒れているんじゃないかと、管理人に鍵借りに行こうと思ってたんだ」

雄一郎は週二回、アルバイトで美奈子の部屋の掃除に顔を出す。今は亡き姉の孫の雄一郎は二十六歳。大学受験に失敗してから就職もせず、かつて姉夫婦が子供たちを育てた成城の広い家に、今、一人で住んでいる。父親の雄介は姉・加奈子の長男で、地方の大学病院の内科医。その妻は同じ病院の看護師である。夫婦は遠距離通勤は疲れると、大学職員用のマンションに住み、長男の雄一郎は祖母である美奈子の姉、加奈子が育てた。姉夫婦の甘やかしが、息子をあんなグータラにしてしまったのだと雄介は嘆いていた。

「あの極楽とんぼは、自分の人生をどう考えているんだ」と、もう匙を投げているようだ。どうにも説明のつかない家族のお荷物で、今、妹の結婚話が持ち上がり、困り果てているのだが、当人は、そんなことはどこ吹く風と、マイペースなのである。

「ああよかった。何事もなくて」

「心配してくれたの？」

「当たり前でしょ。少し疲れているみたいだね」

「夕べは少し遅かったからネ。色々考えちゃって、ベッドにちょっと横になって。二時頃だったかな」

「えーっ、二時。若くないんだから、無茶しないでよ」

自分の周りで親しく本音で付き合えるといえば、この雄一郎ぐらいのものだ。美奈子がいつも清潔で快適に暮らせるのもこの子のお陰によるところが大きい。電気や水道関係にもなぜか詳しい。

「うむ、いろいろあってネ。のんびりしたいわ」

「じゃ今日は、おばちゃんの大好きな亜寿彑飯店の海鮮かた焼きそばで元気出そう。ネ、年を取ったら健康第一。美味しいもの食べて、栄養第一。掃除が一時間、ちょうどいい時間だ」

恵比寿からわざわざ銀座まで……。何てご苦労なことと思いながらも、何となく姉の血筋だと思うと可愛くて許してしまう美奈子であった。

亜寿彑飯店の海鮮かた焼きそばは、美奈子の大好物のひとつだった。が、食に貪欲な、この雄一郎は絶対それだけではすまず、春巻きとか餃子、はては北京ダックまで手を伸ばすので、いい顔ばかりしてはいられない。しかし、今日はその追加注文が無くて、妙に謙虚であった。

「おばちゃん、聴いてくれる?」

「何？」

いやに改まっている。こうなると身構えてしまう。

「また、アメリカ？　もうおじいちゃんも、おばあちゃんもいないのよ。お金出してくれる人なんか、いないよ」

二人がまだ健在な頃、百万円を手渡し、

「好きな所へ行っておいで。外国でも見たら、何か吹っ切れるかも知れないよ」と送り出したことがあった。父親母親共々、目の回るような多忙な時のことだった。

雄一郎は黙して美奈子を見つめている。美奈子は思わず身を乗り出して、

「就職したの？」と聞いた。

「違うよ。違う！　自分で始めるんだ」

『この子がまた何を！』と美奈子は一瞬大きく目を剥いた。

「自分で……何を？　簡単じゃないのよ、世の中は」

「わかっているよ」

と、雄一郎は憮然とした。

「父さんも母さんも、おばちゃんまでも、俺を就職させて、何で閉じ込めたいんだ？」

「何の経験もない人間が、何をやるっていうの。パパに言ったの？」

「まだだ。こんなこと、あの二人に言ったら……ドヤされるよ」

「ドヤされる？　そんなヤバい話なの？」

「ともかく、コレ読んで！」

と、雄一郎はカバンの中からレポート用紙を取り出した。

「おばちゃん、僕の取り柄って何だと思う？」

「あるの？」

と、思わず言ってしまった。雄一郎は笑って、

「失礼だなあ、あるじゃん。俺の掃除、どう？　電気や水回りの修繕、小さな大工仕事、みんなきれいに甦らせる。どう？」

「確かに何でもきれいになっちゃうネ」

「でしょう。きれい好き、甦らせる術、それを仕事にします」

「えー？　仕事に？　そんな事が仕事になるの？」

「なります」

「清掃会社？」

「その通り！」

美奈子は思わず大きな声で、

「清掃会社始めるっていうの？　あのトラックみたいのを動かして……」と言ってから、〝イヤだネ〟と心が縮んだ。『漫画じゃあるまいし』と口の中で呟いた。

「俺は決めたんだ。誰に何と言われようと、コレで会社を立ち上げる」

この子は少し頑固なところがある。

「ああ、わかった。焼きそば、食べましょう」

美奈子は〝なんてこと〟と呟きながら、カタ焼きそばを皿の上でトントン叩き、食べやすいようにほぐした。

「説明が長くなるから、後でこのレポートゆっくり読んでみて」と、美奈子のバッグに二つ折りしたＡ４の紙を押し込んだ。

「おやじもおふくろも恰好ばっかり気にして、今に見てろっていうんだ！」

雄一郎の大きな声に、周りを気にして美奈子は慌ててビールをコップに注いだ。美奈子はフッと自分を重ね合わせて苦笑した。自分も似たようなものだと。揶揄、皮肉と思っていたが、本当に、訝しく思われていたのかも知れない。それにしてもタイミングが悪かった。今、自分の心を拡散することはできない。

「ねぇ、雄ちゃん。この話、一か月待って。自分のことが終わったら、読ませてもらうから」

がっかりと肩を落としている彼に言いにくかったが、

「おばちゃんネ、今度、テレビ東京Ｊａｐａｎの『明日の夢』という春の新番組の一部に出演させて頂くの。そのことで頭がいっぱいなのよ」

と言うと、雄一郎は目を輝かせて、

「えーえっ、おばちゃん凄いじゃゃん。へーっ、そういうこともあるんだ。人生捨てたもんじゃないな」と一人で感激している。

美奈子は若い反応が嬉しくて、刺激をもらったと来週の初ステージに心が馳せた。

タクシーの中で、ざっと雄一郎のレポートを粗読みしてみた。かなり時間をかけて勉強したようだ。理解できない部分は多々あるが、何より希望の持てることは、清掃ばかりではなく、小さな電気工事、小さな大工仕事、家具の直し等々には、その道の引退者を充て、個人営業の会社、施設等にターゲットを絞り顧客を創出する。考えたこともなかった職種であったが、その営業範囲はかなり広がっていきそうだ。やはり雄一郎は、理数系の姉、加奈子のＤＮＡを受け継いでいるのだと、美奈子は、その成長振りを頼もしく思った。

八　初めてのテレビ出演

『八十歳の爆発』、ある老婆の奇跡の舞台の幕が、今、上がろうとしている。

このチャンスを決して無駄にしてなるものか。ポジティブに前へ、前へ……昨夜徹夜で書いた原稿を確かめるように抱きしめて、美奈子は、テレビ局へ向かった。

スタジオは虎ノ門の高層ビルの八階にあった。美奈子はカメラの前で、〝落ち着いて、落ち着いて〃と呟いていた。メインキャスターの女性が登場、本番へのカウントダウンが始まる。

「十秒前、九、八……三、二、一」

フロアディレクターの右手が振り下ろされ、番組の収録が始まった。

「皆様、こんにちは。今日から一年間にわたり、『明日の夢』というタイトルのもとに、視聴者の皆様の明日の夢を募り、お伝えします。司会の秋津沙也香でございます。どうぞ宜しくお願い申し上げます。

さあ皆様の夢、どんな夢でしょうか。今日から四回にわたり、東京都渋谷区にお住まいの桐生美奈子さんの『明日の夢』をご紹介いたします。いったい、どんな夢なのでしょうか？　では桐生美奈子さん、どうぞ」

目がくらみそうだった。秋津キャスターに促され、丸く縮んだ背骨を精一杯伸ばしながら中央のデスクの前へ進み、笑顔で一礼した。

「皆様、こんにちは。『明日の夢』という新番組から四回もの貴重なお時間を頂きました。桐生美奈子と申します。どうぞ宜しくお願い申し上げます。

皆様の夢は何でしょうか？　今日は私の夢に少しお耳をお貸しくださいませ。この夢は、この構想は、五年前から始まっておりまして、時に燃え上がり、時に消え、浮いたり沈んだり……。でも、何かの形で残したい。捨てることのできないものでした。しかし、自信がないのです。大学を出ているわけでもない、何か有意義な資格を持っているわけでもない。御覧の通り腰も曲がっております。こんなおばあの話ですが、少し皆様のお時間を頂きたいと思います」

ここでコケたら一貫の終わりと、美奈子は震える思いで胸を張った。

「仕事を離れて、もう二十年近くになります。毎日が時計とのにらめっこでした。時間は二度と戻らない。生まれた時からカチカチカチと誰にも平等に与えられている時間。楽しく刻むか、空しく刻むか、それは脳のコントロールで変えることができるのだと私は最近思っているのです。八十歳を過ぎてそれに気付くなんて、随分時間を無駄にしてしまったと、大切なことに気付かず、上っ面に流されて生きてきてしまったと気付いた時には、もうこの歳になっていました。

でもこの歳でも応分の未来はあるのです。私ばかりではありません。人生の在り方を考えて生きる人、考えなかった人の、この差は大きいです。日常はそのままでいいのです。その上にもう一つの夢、志の世界を、お持ちの方と、そうでない方と、幸福度がだいぶ変わってくるのではないでしょうか」

説明がまだるっこしいのか、視聴者席の一人の男性が、

「で、どうしたいのですか？」

と、言葉を発した。

「はい。人は皆、日常の上に、夢、志の世界を持つべきだと思うのです」

「夢、志ねえ。現実にすぐ潰されそうだなあ。弱いものですよ」

と、また溜息をつくように、もう一人の男性が鼻で笑った。美奈子は負けてなるものかと思った。

「いいえ、夢、志って、とても強いものだと思います。心の中に、胸の中に夢、志が一つでもあれば、どんなに心が折れそうになっても横道にそれたり、自殺等は、しないと思います。いかがでしょうか。そうは思いませんか？」

夢、志、とそれぞれが呟いているように聞こえた。すると中年の女性が立ち上がり、

「それは、ゆとりのある人の言うことでしょう。私などには無縁のお話だわ。厳しいんですよ、現実は。夢のようなお話ですネ」

「でも脳の回線を少し変えてみると、まるっきり無縁ではないのではないでしょうか。小さな夢でも楽しいものだと思いますけど」

　すると別の誰かが、

「それで、桐生さんは、どうしたいのですか？」

「夢、志をお持ちの方々、興味のある方々、今、まさにそれを立ち上げようとしていらっしゃる方々、夢、志を大切に思っていらっしゃる方々と、夢、志を語り合えるグループをつくりたい、広場をつくりたいのです。大人たちの交流会をつくりたいのです」

　背中がぐっしょりと汗で濡れた。

「どんな効用があるんでしょうか？　ただの趣味の会、遊びの会になってしまうのではありませんか？」

　すると奥のほうから別の男性が、

「世の中、交流会だらけですよ。カラオケ交流会、江戸文化、婚活、ああそうだ、終わりのほうの終活まで、よりどりみどり、ですよ」

かなり挑戦的だった。

「ごもっともです。私の交流会の構想は、今、仮に、私は勝手にそう名付けて呼んでおりますが、『みんなの未来の会』といっております。そのテーマは健康な時は勿論、病める時もベッドの上で、それなりに、脳が動いている限り、ポジティブに生きましょう。夢を諦めず、ポジティブに生きましょうよ。老いも若きも、輝いて生きましょう……と。全方位で、あらゆる社会人が、真面目な社会人なら、どなたでも、参加できる、そんな輪を、そんな交流会を創りたいのです」

また質問が出た。

「どんな方法で?」

するとと秋津キャスターが、

「だいぶ白熱してまいりましたが、お時間がギリギリです。面白くなってまいりましたネ。ただ今のようなご質問、またはご希望、ご意見、ご感想など、どしどし『明日の夢』窓口にお寄せください。来週が楽しみです。では、今日は初めてでしたが、貴重なご意見ありがとうございました。桐生さん、ありがとうございました」

第一幕は下りた。緊張で顔の皮膚が引き攣ってなかなか元に戻らない。

「初日から、白熱戦でしたネ。なかなかやりますね」

筈見プロデューサーが顔に噴き出た汗を白いタオルで拭き取りながら笑った。美奈子はタジタジになって、

「初日からあんな反駁にあうとは思いませんでした」

「いやいや、大丈夫。キャッチが上手いですネ。なかなかです。初めてにしては及第点です。心配しないで、伸び伸びやってください」

「ありがとうございます」

「次回の原稿できていますネ」

「ハイ」とバッグの中から昨夜書いた原稿を取り出して、筈見に手渡した。

「はい。分からないところがあったら連絡します」

と受け取って、あっさりと去って行った。

「桐生さん、来週はかなりご意見やご質問が集まると思います。もし行き詰まってもご一緒に立ち向かいますから心配いりませんよ」

とキャスターの秋津が心強い言葉をかけてくれた。

「よろしくお願いいたします。私、あまり知識がないもので」

「そんなことありません。立派なものです。あれだけ対応できるなんて。来週も頑張って」

「はい、頑張ります」

一人になって一息つこうと、同じビルの中にあるコーヒーショップに入った。モコモコと湯気が漂う。ほろ苦い珈琲の香りに、一時心をリラックスさせ、解放感を楽しんだ。

「先生」と肩を叩かれ、驚いて振り向くと、

「わたし諦めていました。所詮、夢は夢なのだと。でも、先生のお話、じーんと心に沁みました」

年の頃四十代の美しい女性であった。美奈子は赤面して、珈琲をこぼしそうになった。

「先生だなんて。桐生と呼んでください。あなたの夢は、何でしょう?」

「さあ、何でしょうか、ホホホ」

「夢って、何だか頼りないような……でも夢のある人と無い人では、幸せの度合いに大分差がつくと思います。心が折れそうになった時、きっと助けてもらえると思いますわ」

「心が折れそうに……」

と、女性はもう一度「心が折れそうに……」と、口の中で言葉を噛みしめているようだった。

家に帰ると、雄一郎から電話が入った。

「おばちゃん、テレビ見たよ。よかったよ」

早速の反応が嬉しかった。

「雄ちゃんの原稿も読んだわよ」

「えーっ、本当！　どうだった？」

声が潤んでいるように聞こえた。

「門外漢だから、よくは分からないけど、仕事の内容は、時代に合っているネ。食べる物でも、着る物でも、家具でも、何でもかんでも使い捨てて、公害を自らつくっていた時代から、再利用の時代に向かっていくかも知れないネ。世の中のためになる仕事。退職者たちにも生き甲斐を与えられる。おばちゃんは大賛成！」

「ええっ！　おばちゃん、ありがとう。元気、もらった。俺は若いし、動ける。俺が今やることは、大学受験よりコレなんだ。大学は中年になってからでいいよ。今は会社興すんだ」

何だか彼の話に巻き込まれそうな美奈子であった。

「力になるわよ。まずは、お父さん、お母さんの説得ネ、お金借りるんでしょ？」

「出すかなあ？」

自信がなさそうだ。

「息子の人生の出発点よ。私が説得するわよ。でも途中で投げ出しちゃ駄目よ」

雄一郎がそばに居たら、肩を叩いて、背中を押してやりたかった。


第二回は『未来の会』を踏み込んで説明することになっている。今日の出席率は前回の一・五倍だと、筈見プロは幸先が良いと言った。

今、まさに始まろうとしている。少し長くなるかも知れないが、自分の考えを正確に伝えることが大切。第二幕は上がったのだ。

「今、『令和』という新しい時代に、そして、寿命百年という時代に突入いたしました。自分の人生のプログラムの尺度を、内容を、少し修正しなければなりません。この機会に曖昧模糊な生き方、八十年という長き年月を切り捨て、全く別の生き方を私は選びたいと思いました。年は取っても未来はあるのです。人生いつでもこれからでしょう。確かに曲がった腰は痛いです。目も霞んでいます。耳も遠い。でもこのカートとステッキがあれば動けます。残された時間はもしかして、あと僅か、かも知れません。が、その僅かに賭けてみたいと思いました。私にとって、それが『みんなの未来の会』を立ち上げることでした。会員は東京二十三区から、真面目な社会人なら、どなたでも。人生、時間、生き方、仕事、生き甲斐、夢、志を語り合える友が、相棒が、欲しい。グループを作りたい。パーティーを開き、それぞれの夢、志を発信する。それをビジネスとして羽ばたかせたい。互いを尊重し合い、啓発し合い、認め合い、小さな夢を大きく育て、発信できたら……。

これが私の夢です。私たちの年代は、昭和のあの暗い時代を無視することはできません。あの時代の多くの犠牲の上に今のような自由で幸せな世界が生まれたのだと思います。苦しいことがあっても、一間置いて、冷静に、そして乗り切る。その時、夢、志の精神が、生まれ変わった苦しい心を支えてくれると私は信じております。自殺、犯罪等々、遠く、遠くに消えていくのも夢ではない、と思っております」

そして最後に、

「令和の御代に、自分らしい誇れる証（あかし）、生きた証を残したいと思います」

「やりましょう」

と、あちこちで声が上がった。拍手が湧いた。するとそれを遮るように、

「原稿を読み上げるだけではネー。ただただインターネット頼り。語るだけではねえ、皆、ついて行きませんよ」

また、例の男が痛いところを突いてきた。実際、人集めの妙案は無いものかと、いつも頭を悩ましている。自分の結論はあるのだが、今回は伏せておこうと美奈子は思った。それよりさっきから、この毎回異論を語る男性の顔に、どこか見覚えがあるようで気になっていた。

「教えてください」

と美奈子は、男に笑顔を向けた。

「あなたの考えはどうなんだ。他人(ひと)の意見より、あなたの意見を聞きたいな」

かなり挑戦的だった。

「私の考えは最終回でお伝えしたいと思います」

「皆から会費を取り上げて、それで終わりだなんていけませんよ」

と、男は鼻で笑った。

会場にざわめきが走った。美奈子はムッとしたが、

「それじゃ詐欺じゃないですか」と笑った。なんだか変な空気になってきた。これはいけない、とキャスターが中に入った。

「難しい問題ですね。でも理論だけで頓挫させたくはないのですよネ」

「そうです。自分の理論はあります。でも今は、皆様のご意見を聞かせて頂きたかったのです。次回は皆様のお知恵をぜひ聞かせてください。参考にしたいと思っております」

するとキャスターが、

「こちらの構成では、そのお話は少し時間をかけても、最後の回に予定しております。次回はですネ、叱られちゃうかな、へへへ。こんなチャキチャキで元気印の桐生さんを困らせちゃおうと、ホラ、こんなにお便りが届いております。桐生さん、次回は覚悟していらっしゃってくださいよ」

「おお、怖(こわ)！　逃げなきゃ」

「駄目です。どこまでも、追いかけます。では皆様、またお逢いいたしましょう。本当にありがとうございました」

二回目なので少し慣れてきたとはいえ、美奈子の心の中はハラハラドキドキ。キャスターのリードに今回も助けられた。感謝で頭をもう一度下げた。

「良くやった。危険人物が何人かいますネ。でもこういう番組には付き物なんです。必ずいるんですよ。だから盛り上がる、ともいえる。うまく躱しました」

と筈見は、美奈子の肩を軽く叩いた。

筈見との来週の打ち合わせは、「柔らかな貴女の過去の部分が知りたいという要望が、今回は多かったですね。始まったばかりだというのに……。構想の繰り返しを聞くのは、またかと思われがちだし、それより花も実もある柔らかな部分も知らしめておいたほうが効果が上がる、かも知れない。その線で行きましょう」と僅か数分の打ち合わせで終わった。

四十年の不倫、書かなければよかった。が、後の祭りであった。二人がふっと立ち止まり、振り向いた時、四十年という歳月が過ぎていた。躊躇している美奈子に、

「少しは艶っぽさがあったほうが、大衆は喜ぶものなのです。別れがあれば、尚更、共感を呼ぶものなのですよ」と筈見は笑った。

『八十歳の爆発』、あのエッセイの中では、名前も相手の職業も諸々の事情も何も書いてはいなかった。ただ、「四十年の不倫」という惹句は、読み手の意識を浮き足立つようにそちらに駆り立てた。『八十歳の爆発』本来のテーマより、興味をそそったらしい。

筈見の提案は全く予想外ではあったが、その通りであった。自分の不倫を鳴り物入りで売り物にする気など毛頭なかった。彼が不在でも充分普通に暮らしている。これからの生き方のほうがずっと美奈子にとっては重要なことであった。

それにしても、あの異論を唱えた額の禿げあがった初老の男の顔は記憶にあるような気がするのだが、どこで、いつ出会っているのか、思い出せない。いろいろな意見に対応できなければ、波状的に繰り返す、意味のない質問、嫌がらせとしか思えない。いろいろな意見に対応できなければ、この種のことは行き詰まってしまう。

〝気にしない、気にしない〟で行こうと美奈子は胸を叩いた。

九　雄一郎の助言で蘇る

ここ二、三日晴天が続いている。明日は雨かなと嫌な予感が過った。天気なんかに左右されるなんて、今更馬鹿馬鹿しい。主張通りポジティブに行こう。とミラーの中で胸を張った。

案の定、その日は小雨が街を濡らしていた。

「母さん、頑張るよ、負けないよ！」

お呪(まじな)いのように仏壇の前で二回唱えて、美奈子は家を出た。

第三回のスタジオだ。出演のために化粧にスタッフが拘(こだわ)ったのは初めてだ。ちょっと素敵になった自分、やや厚めの化粧は、少々の自信を抱かせてくれた。

「五、四、三、二、」一でキューが出た。

「皆様、こんにちは。お元気そうですね。雨にもかかわらず、こんなに……嬉しいですネ。ありがとうございました。『明日の夢』第三回です。今日は少し進め方を変えまして、皆様と桐生さんのフリートークで行きましょう。桐生さん、今日は皆さん手ぐすね引いて、さっきからお待ちです。お覚悟のほどは？」

マイクを突き付けられて、

「ドンと来いです」と、わざと胸を張ってみせる。

「じゃー　ドーンと行きましょう。さあどんどん攻めましょう」

最初に男性の手が上った。

「会の趣旨は大体わかりましたが、実際にはどのように運営していくのでしょうか？」

実際、今一番悩んでいる問題であった。美奈子は、冷静に冷静にと、自分に言い聞かせていた。

「この会をどのように広く皆様に知って頂くか、広めていくか、ずっと考え続けておりました。実は私は数字に疎くて、経営のほうは音痴なので、広くお知恵をお聴かせ願いたいところです」

すると、またこの間のイヤな男が口をはさんだ。

「逃げですか？　ご自身の意見はないのですか？」

美奈子は〝初めから、嫌んなっちゃうわね〟と胸が縮んだ。だが、「負けてたまるものか！」と本来の闘争心が動き出した。

知来が、「加油（チャーヨー）、加油（がんばれ）」と叫んでいるような気がした。

「自分なりの考えは勿論あります。でも順序がございます。今日、今、お話しするには少し時間が足りません。この件に関しては次回に回します」

キャスターが穏やかな声で、

「次回もぜひ　ご参加くださいネ」

と、軽く往（い）なした。

「ではお手紙を頂いております。世田谷の牧陽子様、どうぞ」

と、送られてきた封書を高々と上げた。

「世田谷区の牧陽子でございます。どうぞ宜しくお願い申し上げます」

この人は若かった。自宅でＩＴ関係の仕事を立ち上げているらしい。

「桐生さん、今まで二回のお話でしたけど、とても感動的で共鳴しております。桐生さんは、今八十五歳と伺い、驚いております。私も自分の人生は無駄なく全うしたいと思います。桐生さんはずーっと独身で通されたようですが、あの『八十歳の爆発』では、何も深く語られておりませんが、たった一言、さらりと四十年の不倫があったと書いておられます。人間らしさがフッと垣間見られて……お会いしてみたいと思いました。こんなチャンスに恵まれて、本当に嬉しいです。あの今も心の中で、その方は生きていらっしゃるのでしょうか?」

それ来た! と美奈子は一瞬身構えた。頭の整理はもうついていた。

「そうですネ、どう言ったらよろしいのでしょうか。人様のことはわかりませんが、思い出は都合よくは消えません。新しく出直そうかなどと思ってもそれは無理ですネ。良い時は一緒に喜び、疲れた時は、心の癒やしになるのだと思います」

場内はしーんと静まり返った。

「それでは、いつまでも引きずってしまいますネ」

と、別の女性が口をはさんだ。美奈子は笑いながら、

「もっと良い方を見つければ解決ですネ」

皆がどっと笑った。美奈子は胸を撫で下ろした。

最初の女性が思いがけないことを発言した。

「四十年は否定ですか？　肯定ですか？」

厄介な質問だと思いながら、

「どちらでもありません。運命だと思っております」

と、さらりと受け流した。また、追い打ちをかけるように、

「そのことで泣きましたか？　悩みましたか？」と質問が重なった。

ズボラな美奈子はフッと吐息をついて、

「悩んだかも知れない、泣いたかも知れないとだけ言っておきましょう」

と、かのやんごとなきお方の言い真似で返した。一瞬あちこちで笑いがこぼれた。

平成生まれと察するこの女性は怪訝（けげん）そうに周りを見回した。

「桐生さんのお人柄から推して、まあ、悩みも涙もあった、ということにしておきましょう」

と、キャスターがニコニコと結論付けた。

厚化粧のままで我が家に帰って、一枚皮を被ったような顔面に蒸した分厚いタオル

を載せ、ソファーに身体を沈めて、美奈子は暫し無の境地に入っていた。

ツルルルー、ツルルルー
電話の音で我に返り、受話器をとった。クラスメイトであった。

「おめでとう。まあよく、あんな上手に躱せるものだわ。ネ、美奈子、気を付けて!」

「何を?」

「あのよく突っかかる男、あれ、直子の関係よ。一緒にいるところ、わたし二度ばかり見てる。クラス会でも、帰り間際に見かけたのよ」

美奈子はハッと胸をつかれた。記憶の片隅にずっとモヤモヤしていたあの男の映像が、今鮮やかに甦った。なぜ直子は男まで使ってあんなイヤガラセを自分にするのか? 知らせてもいないのに、なぜ? 度重なっているので、このウヤムヤを晴らしたいと、珍しく過敏に血が騒いだ。

「直子、旦那はゴルフ三昧、なんて言ってたけれど……入院しているそうよ」

「ガン?」

「いいえ、認知症ですって。急に何にも分からなくなっちゃったんですって。ついこの間、施設に入れたそうよ」

「なんで、あなたがそんなこと知っているの？」

「うちのお手伝いさんに、この間のクラス会の写真を見せたら、『アラ！　この方』って言うのね。直子の家にも週一度行っているんですって。家は新築のピカピカなのに、毎日ケンカばかりなんですって……。電話長くなっちゃうけど……」

「いいわ、聞かせて」

美奈子は事情を知りたかった。

「旦那が入所したら、途端に息子夫婦が引っ越してきたんですって。年寄り一人にはしておけないって。ところがその息子のお嫁さんが、とてもとてもキツイ人で毎日ケンカばかり……。あの直子がいじめられているそうよ」

胸がキリキリしめつけられて、美奈子は言葉を失った。一瞬鳥肌がたった。あのキツい直子が……。あの何もかも完璧にやりこなす直子にも、あんな男が入り込む心の隙間があったのか。それとも真実頼っているのか？　ひとりになって淋しかったのか？　強い反面、もろい部分があるのかも知れない。あるいは、何か深い事情が……。

心が涙であふれそうになった。直子はつっぱっていてくれたほうがよかった。張り合いがあった。〝今に見ていなさい〟という意識が絶えず働いていた。直子は今、計り知れない孤独の闇と闘っているのだろうか？　あの直子が……。涙が急に込みあげて、せき込んでその場に蹲(うずくま)った。なぜ直子のために泣くのか？　分からない。ただただ涙がにじんで止まらない。

やっと現実の自分に戻るまで、日付は変わって翌日になっていた。自分だって孤独。いつだって……。孤独で凍えて蹲ったことも多々あった。結局、人は知性がある以上誰もみな、孤独なのだ。社会の中で、一人では生きられないとは言え、人はひとりで生まれひとりで死んでゆく。やはり人はみな孤独なのだ、心の奥でその覚悟さえあれば、苦しみも軽くなる。美奈子はいつも、そんな時、孤独を情緒にすり替えてくぐり抜けてきた。

〝私流ね〟と思わず苦笑した。近い将来、直子とゆっくりゆっくり人生を深く深く語り合ってみたい、と美奈子は思った。

『みんなの未来の会』は、ここまで来て何もしなければ空論になってしまう。笑われ者だ。直子の思う壺だろう。絶対、立ち上げなければならない。まず、人集めの難題が立ちはだかって、前に進めない。有名人でもない自分がいくら夢、志と叫んだところで人が集まってくるはずもない。結論はまだ出ていないのだ。何と浅はかなことよ。焦ってしまったのだ。チャンスを逃すまいと……。

美奈子は当初、ただ単純に東京二十三区から一人ずつ二十三人を選び、すべてにおいて同列、資金も平等に出し、企画、構成、広報等々運営の方針は懇親会で取り決め、まずはパーティー開催を決める、とラフに考えていた。しかし人は財布のひもをなかなか開かないものだという話を聞いたことがある。

ある共通の夢を持った三人が、イザ資金のこととなると適当な理由をつけて、体裁良く遠のいていった。で、その話はただ単なる夢のお話で終わったというのだ。

ここまで話が広がって、でも美奈子はまだ一番肝心な難関を、乗り越えてはいない。話を何度も原点に戻して、考えを色々と組み替えても、コレだというアイディアを掴んだわけではいなかったのだ。

電話が入った。雄一郎からだった。

「おばちゃん、だいぶ追い込まれてきたネ」

「うるさい！　他人事だと思って！」

美奈子は腹立たしくて、

「どうにでもなれよっ！」

と、吐き出すように、破れかぶれの調子で叫んだ。

「どうにでもなれ、じゃすまないでしょ。ここまで来るのも大変だったんでしょ？

何とか形を付けなければ」

彼らしくもなく、今日はばかに大人っぽかった。

「何かある？」

藁をも掴む気もあって、受話器を持ち直した。

「今日は掃除の日じゃないけれど、夕方、そうだね、七時頃行くよ」

「フン、偉そうに。そんな簡単じゃないわよ……でもおいで、ビールしかないわよ」

「ああ、何だっていいよ」

電話は切れた。次は最終回。しっかりと納得させなければならない。今、美奈子の頭の中はパニックだ。「そんな甘っちょろい、夢みたいな構想、通用しませんよ」等々、直子の知り合いだというあの男の顔が眼前に大きく迫ってくる。あぁ頭が割れそうだ。夢の構想から、一歩も出ていないのだから。

商売のノウハウは大方の見当は付くのだが、これは全く未知の世界である。人集めの難しさはキメ細かな日頃からの配慮が必要であった。しかし、コレは物を売る商売ではない。相手の心を的確に掴まなければならない。欲が見えたら逃げていく。あの男に会費詐欺のような扱いを受けたが、実際、どこからその運営資金を生み出していくのか、そういう基本的な運営の方法すらまだ把握していない。またもや美奈子は壁にぶち当たったのだ。

投げ出したくなった。それでは『みんなの未来の会』の主義主張に反してしまう。立派なことを並べ立てても、もっと運営の仕方等を充分に研究すべきだったと、今、美奈子は焦っている。この三日の間に最終回の原稿を送らなければならないのだ。八十五歳の身体が〝耐えられない〟と言っている。

〝よしよし〟と労わるようにソファーに身を沈めると、どこまでも沈んでいくような感覚の中で浅い眠りに落ちた。

「おばちゃん、焼き鳥買ってきたよ」

どのくらい眠ってしまったのだろうか。

「大丈夫か？　第一、鍵開けっ放しだったよ。危ねえなあ。年なんだから……しっかりしてよ」

雄一郎はもう一度心配そうに、目をシパシパさせている美奈子を覗き込んだ。

「そんなヤワじゃないわよ」

と、目をこすりながら虚勢を張った。起き上がりながら、美奈子は小刻みに欠伸を繰り返した。

雄一郎はリビングのテーブルにコップと焼き鳥を載せた皿をセットした。美奈子は昨日作ったペンネの残りをレンジに入れた。

「あの『未来の会』って、あれは、おばちゃん個人が経営する会なの？」

「そこまで考えてなかったのよ。おばちゃんが経営するなんて無理！　未来の会は、東京二十三区それぞれの地区で代表を立て、相談してやるようになるのかしらネ……」

「株式会社か」

「わからないのよ、そういう難しいことは。ただ自分の思いを書いただけなんだから」

「もう逃げられないよ」

全身が壁に塗り潰されていくようだ。

「やる気あるの？　最後まで」

雄一郎は、今日はばかに老い込んで見えるこの祖母の妹を覗き込んだ。

「あ、あるわよ」

今日の美奈子は自信というものを根こそぎもぎ削がれ、いつもの元気は微塵もなかった。

「ねえ、いっそ法人にしちゃったら？」

「法人？」

「一般社団法人」

法人とは思いも及ばなかった。

「信用度が違うよ。株式会社じゃ多分二年もてばいいところじゃないの」

「やっぱり年寄りの戯言（たわごと）か！」

美奈子は、もうすっかり心が萎えてしまっている。

〝恥晒（はじさら）しか〟と口の中で呟いた。

「いや、そんなことないよ。この会は、捨て難いと思うよ。やりたいんでしょ？」

美奈子らしくもなく、自信なげに頷いた。

「この会はかなり社会性があるから、一般社団法人に申請してみたら？」

気が遠くなりそうだった。考えも及ばなかった発想だ。

『未来の会』はもう世間に一歩踏み出してしまった。放ってしまう訳にはいかない。

母が、「今が正念場だよ、しっかりしなさい！」とまた叫んでいる。

知来の声も重なった。

「弱気は駄目だよ、美奈。雄一郎さんという良い相棒に少し助けてもらって、前へ、前へ。さあ、Let's go だよ。加油（チャーヨー）　加油（チャーヨー）」

　久し振りに周知来の声を聴いたような気がする。

「美奈ちゃん、雄一郎を遠慮なく使って！　大学は失敗したけど、あの子頭良いのよ。きっと力になれると思うわよ」

　加奈子の声が聞こえてきた。

『一般社団法人　みんなの未来の会』……

「やっぱり駄目、雄ちゃんは自分の会社のことに専念しなさい」

　美奈子の強い言葉を跳ね飛ばすように、

「会社は俺の生活のための仕事。手なんか抜くわけがない。そのためにアメリカで一年、アルバイトやりながら苦労したんだ。『未来の会』のことは友達の父親が弁護士だから細かく聞いてみるよ。友達のパパに相談してみる。絶対諦めちゃ駄目だよ」

　美奈子は急に不安になった。

「いいのかな、こんなことに引き込んで……」

「俺の意志だよ。世界まで、考えるなんて、おばちゃん、若いよ。見直したよ。俺、力になるよ。何でも言ってよ。必ず調べて報告するから」

夢にも思わぬ進展だった。もう後には引かない。前へ、前へ。メラメラと燃え立つ心のうねりを、美奈子は今、夢と重ね合わせ、忘我の境に身を委ねていた。

十　みんなの未来の会

第四回の収録には、しっかりと結論を示さねばならなかった。第四回の原稿は少しも捗（はかど）らないで、机の上に置いたまま頭を抱えていたが、雄一郎に助けられ、道が開けた感覚で、久し振りに胸のつかえが消えていた。

「桐生さん、原稿昨日届きました。随分大きなお考えだったのですネ。筈見さんも驚いていましたよ。一般社団法人だなんて、思いもつきませんでした。だから、何を言われても、毅然としていられたんですネ。桐生さんって、凄い人」

秋津キャスターからそう言われ、美奈子はコソバユかった。

「いいえ、もっと勉強しなければならないんです。分からないことだらけ……今日、原稿通りに何もかも言ってしまって、良いものなのでしょうか？　迷っています」

美奈子の弱音を抑えるように、筈見はやや強い調子で言った。

「今更後には引けないでしょう。行き詰まったと思ったら、すぐ弱音を吐いたり、降参したような素振りを見せてはいけませんよ。人は弱い者にはついてきません。演技してみてください。ともかく、言葉の中に逃げを絶えず作っておくのです。決定的なことは避けて、皆に問いかけるんですよ。これも術（わざ）の一つです。人生の術ですよ、頑張りましょう」

「そうだ、がんばれー！」

美奈子が振り向くと、どこからともなく気勢が挙がった。

「ほら、スタッフもいつの間にかあなたのファンになっちゃった。この応援は強みですよ」

と、筈見は自信を持たせようと褒め上げた。美奈子は振り向いて、スタッフ一同に、腰を折って、〝ありがとう〟とサインを送った。

幕は上がった。今日は美奈子のマイクから始まった。

「皆様、こんにちは。今日は最終回、〝桐生さん、あなたの一番言いたいことを一言、大きな声で決めてから始めましょう〟と言われ、こうしてマイクを持って立っています。一言で……。『みんなの未来の会』はあなたのわたしの、みんなの会です」と叫んだ。

大きな拍手が湧いた。

「決して個人の会にしたくはございません。どのように運営するかは、第一回から課題になっておりましたが、これはみんなのお力で決めていくことになると思います。

まずは、東京二十三区から各区お一人の役員を選び、適材適所の分野で、企画、構成、広報等々と色々な課題を論じ合い、お金は、この役員全員が平等に出資し管理します。利益も損益もすべて役員の責任、役員の肩にかかっております。初めは小さな輪でもやがて、みんなの力で、日本全国、国際的にも展開させていきたい。

『みんなの未来の会』は面白い、夢がある、志がある。真面目で、安心で有意義な会等々と人々の口の端にのぼるような、落ち着きのある会に発展させたい。二代、三代と末長く苦労があっても、テーマの夢、志を大切に、困難があっても乗り越えて、ずーっと継続させたい。これが私の八十五歳の爆発で生まれた、これが私のこれからです。会員が集まり次第、百人程度のパーティーから始めたいと思っております」

一区切りのスピーチが終わった。暫し沈黙が続いた。すると後ろのほうから手が上がった。

「百人程度のパーティーから始める、とおっしゃいますが、十人二十人ぐらいから始めて公民館で二千円程度の会費でお茶するほうが親しめますネ」と意見が出た。

覆い被さるように声が上がった。

「この会は、夢、志がテーマの会ですよ。二千円程度の会費、ちょっと父兄会ではないんだから。大人の交流会なのだから、一流ホテルか一流レストランで、音楽もあって、楽しい雰囲気でなければ……」

するると、再三ご登場のあの直子関係の男が、「そんな薄っぺらな演出で、夢が育つんですかね」と前の女性の肩を持った。変な雰囲気になってきた。

「しかしネ、我々は大人ですからネ。そんなチィチィパッパみたいな集まりじゃ、大人たちには合わないでしょう。第一それじゃ、最初から先細りじゃないですか」

「ま、それらは、いろいろ検討して結果を出したいと思います」と美奈子が中に入った。また別の女性が、

「どなたにも夢はあります。でもなかなか思うように発信することができません。会では皆さん応援してくださるのでしょうか？」と立ち上がった。

「勿論、あなたの夢を立ち上げるとしたら他力本願ではいけません。すべての責任はあなたにあります。でもこの会、その夢を悪意で潰すようなことをする方がいらっしゃれば追い出します。ね、皆さん、議論を尽くすのは良いのですが、他人(ひと)の夢を力で握り潰すような方とは手を繋ぎたくはありませんよネ」

皆、立ち上がった。拍手が起こった。いつまでも続いた。久し振りに、なぜか胸がスーっと爽快であった。美奈子の声も弾んで、

「皆様、ご自分の夢、志、諦めないでくださいネ。どんな小さな夢でも、そして仕事

として大きく育てていきましょう。そのために、皆様、協力し合い、啓発し合い、認め合い、励まし合い、これが『みんなの未来の会』なのです」

　美奈子のスピーチは続く。そして仕切り直して、胸を張って、

「ありがとうございます。こんな拍手を頂けるなんて……嬉しいです。最後に、私はこの会、『みんなの未来の会』を一般社団法人に申請したいと思っております。まだまだ実現までには、勉強しなければなりませんが、どうぞ皆様、今日のこと、お忘れにならず、許可を頂きました暁には、発足の暁には、ご協力賜りますよう宜しくお願い申し上げます」

　と、深々と頭を下げる。会場は静まり返った。美奈子は、もぞもぞと自分のバッグの中から、昨夜、折り畳んだ一枚の用紙を広げながら、

「私、昨夜、こんな詞（うた）を書いてみました」

　と、言った。キャスターがそばに駆け寄って、

「私が読みましょうか」

　と、原稿用紙を受け取って、目を走らせた。

キャスターは一息吐いて、プロの声で、リズム感良く読み始めた。

手を繋ぎ　心を繋ぎ
あなたも　わたしも輪になって
翔(と)んで弾んで　夢諦めず
明日のために　負けない人になりましょう。
令和の空に　誓いましょう。
みんな　みんなの　国だから

今日もまた　昨日のように、
イヤなことばかり　人の世は
少しの我慢　少しの知恵で
明日のために　負けない人になりましょう。
令和に証　残しましょう。

みんな　みんなの　国だから
それぞれの　道で咲かそう
希望の花を　枯れない花を
老いも若きも　キラと輝いて
歴史の上に　恥じない証　重ねよう。
令和の誇り　天高く
みんな　みんなの　国だから
平和の続く　御代であれ

桐生 美奈子

暫くは誰も言葉を発することはなかった。が、突然誰かが、「『みんなの未来の会』バンザイ」と沈黙を破った。やがてバンザイ、バンザイの合唱に変わった。

「皆様、皆様、以後はホームページで。『みんなの未来の会』を検索してください。桐生さん、お身体に気を付けて。またいつの日か、皆様共々、お目にかかれる日を楽しみに。四回にわたる桐生美奈子の『明日の夢』の幕を下ろさせて頂きます。皆様、桐生美奈子さん、ありがとうございました」

昨日のこと、あれは夢か。夢なら覚めないままで……。でも決して夢ではなかった。これから、咲くも枯れるも、すべて自分の肩にかかっている。雄一郎に助けられ、美奈子は甦った。希望がメラメラと……。この大きなうねり、雄一郎のあの助言が無ければ自分はどう動いていたのかと思うとぞっとした。昨日のあの現実を、実現の暁まで、大切に持ちこたえなければならない。熱い血が身体中に漲った。

美奈子がどのマンションより気に入っているテラスに突き出た両開きのドアを押し、久し振りに空を見上げ、大きく息を吐いた。心地良い優しい春の風が、頬を掠めていった。目の前にいつもある一本の桜の木の枝々が一斉に愛らしさを競って芽を吹いている。昨日だって、そうであっただろうはずなのに、今年初めて、この桜の木をしみじみと見つめている。『未来の会』のことばかりで他のことは全く意識の外だった。初めて味わった蜜なる時間の魅力の虜になっていた。

人生は実に不可解なもの。あの『八十歳の爆発』がなければ、今も多分悶々と過ごしていたことだろう。知来からもらった四十年間の貯金はかなりの額になっていた。結局知来のために使うことはなかった。

そうだ、『みんなの未来の会』のために使わせてもらおう、と美奈子は思った。八十五歳は死を意識する歳かもしれない。人生百年といっても、ポストには訃報の葉書が多く届くようになった。気持ちばかり若くても自分はやはり、そのような年なのだ。

エッセイストクラブのパーティー以後ずっと、それまでと違った人生を実感できた。ハラハラドキドキ……。でも、面白かった。未来の希望が、夢をかき立てた。生きている、生きている、と胸が高鳴り、眠れぬ夜も度々あった。

明けても暮れても全てが火の玉のような『未来の会』で終始した。

美奈子は浅い眠りの中で「未来の会、未来の会」とまた呟いた。


（終）

あとがき

初めての小説でした。小説もドラマも作詞もすべて起承転結が基本ということは分かっておりましたが、果たして上手く書けたかどうか？

でも、何とか書き終えたところです。文芸社の河野貴子様、今井真理様のお力添えを頂き、このような形となりました。

主人公美奈子の八十歳からの出発・生き方は多くの方々の課題であったかもしれません。生命（いのち）百年ともなれば、今までの尺度では余りの部分で、結局ボケの一途を辿る結果にもなりかねません。生命果てるまでポジティブに前へ、遠くの蒼い空へと歩むのが、私の理想です。

とは言え、もうすでに半ボケで、今、自分で自分を持て余しているのも事実ですが、鈍い頭に刺激を与え、無理しちゃっています。自分に合った自分らしき人生を、八十歳まで把握できなかった焦りでしょうネ。

時間は誰にも平等に与えられた、神からの授かりもの。これからは自由に、この与えられた時間を楽しく、そして有意義に刻んでみたいものです。その時間を埋めてくれるのが、夢・志ではないでしょうか。若い方々なら社会と闘いながら、日常はそのまま、そのままで過ごしながら、その上で賢く自分が燃えられるものを見つけることだと思います。私も当面老いと闘いながら、探し当てた自分の道をまっしぐら、と思っております。

若い人なら、どんなに花が咲くでしょうネ。どんなに以後の幸せに繋がるかは、それが無いと有るの別れ道、勝負どころだと感じています。

私の残された未来、今一つの山を登り……次の山はどんな茨の道か分かりませんが、一足一足踏みしめて、生きてゆきたいと思います。〝楽しかったわ〟と、笑顔になって、柩に納まりたいと思います。

最後に、お声を掛けて頂きました文芸社様、スタッフの皆様に心から厚く御礼を申し上げます。ありがとうございました。

令和三年四月

菊村　てる

■著者プロフィール

菊村てる（きくむら　てる）

昭和十年九月、東京日本橋生まれ。

昭和二十九年、日本橋女学館高等学校を卒業と同時にシナリオ研究所に通う。同年秋には銀座の老舗呉服店に入社、三十年勤続後、四十八歳で独立。六本木で㈲来の宮を設立。八丁堀に移転後二十年、呉服の仕事に携わるも、脊柱管狭窄症を発症。術後、両手に支えがなければ歩行困難となり閉店する。

以後、人生、時間、生き方、生き甲斐、仕事と自問自答しながら夢・志の世界に辿りつく。八十歳で作詞の世界と出会い、人生百年、残りの自分を賭けてみたいと現在に至っている。

令和三年一月、若い人達の応援を得て、大人達の交流会『明日の窓』をインターネットで配信。夢・志をテーマに仕事として向き合う、前向きなグループ・広場を創ろうと模索中。人生いつでもこれから・・・・――諦めない生き方をテーマに、現在に至る。

【主な作品】

○エッセイ

『八十歳の爆発』共著、『終りのない旅』共著（以上フローラル出版）

○作詞

「下積時代まっしぐら」（作曲 馬上雅宏／編曲 京極あきら／唄 相馬次郎）

「わたしの放浪記」（作曲編曲 京極あきら／唄 沢やす子）

「俺の心のレクイエム」（作曲 藤正樹／編曲 京極あきら／唄 藤正樹）

一般社団法人　日本音楽著作権協会会員

一般社団法人　日本作詞家協会会員

一般社団法人　日本音楽著作家連合会会員

株式会社日本フローラルアート作詞講座ミュージックフォーラム会員

著者プロフィール

菊村 てる（きくむら てる）

東京都出身。昭和10年生まれ。昭和29年、日本橋女学館高等学校を卒業後、シナリオ研究所に通う。同年秋、銀座の老舗呉服店に入社。30年勤続後、独立して六本木で㈲来の宮を設立。その後、八丁堀に移転して20年間、呉服の仕事に携わるも、脊柱管狭窄症を発症し、やむなく閉店する。以後、人生、時間、生き方、生き甲斐、仕事と自問自答しながら夢・志の世界に辿りつき、80歳で作詞の世界と出会う。令和3年1月、大人達の交流会『明日の窓』をインターネットで配信。人生いつでもこれから——諦めない生き方をテーマに、現在に至る。

【主な作品】

○エッセイ：『八十歳の爆発』共著、『終りのない旅』共著（以上フローラル出版）

○作詞：「下積時代まっしぐら」（作曲 馬上雅宏／編曲 京極あきら／唄 相馬次郎）、「わたしの放浪記」（作曲編曲 京極あきら／唄 沢やす子）、「俺の心のレクイエム」（作曲 藤正樹／編曲 京極あきら／唄 藤正樹）

（一社）日本音楽著作権協会会員
（一社）日本作詞家協会会員
（一社）日本音楽著作家連合会会員
（株）日本フローラルアート作詞講座ミュージックフォーラム会員

夢の中まで

2021年11月15日　初版第1刷発行

著　者　菊村 てる
発行者　瓜谷 綱延
発行所　株式会社文芸社
〒160-0022 東京都新宿区新宿1－10－1
電話 03-5369-3060（代表）
03-5369-2299（販売）

印刷所　株式会社エーヴィスシステムズ

© KIKUMURA Teru 2021 Printed in Japan
乱丁本・落丁本はお手数ですが小社販売部宛にお送りください。
送料小社負担にてお取り替えいたします。
本書の一部、あるいは全部を無断で複写・複製・転載・放映、データ配信することは、法律で認められた場合を除き、著作権の侵害となります。

ISBN978-4-286-22675-0